有名

牧野響介

＊

――大丈夫、僕にはきっと才能がある。

百均で購入した赤い財布に、実はメモ用紙の福沢諭吉を数枚忍ばせ、道端にそっと置く。すぐさまその場から離れ、スマホで撮影を始めた。

すでに一時間が経過した。赤財布が裏目に出たのか。皆、見て見ぬ振りをする。

一旦中断しようと立ち上がった時、一人の青年が財布を拾う素振りを見せた。

(さあ、見せてくれ。人間に潜む醜態《しゅうたい》を)

僕は息を呑み、手汗でベタついたスマホを握り直した。

青年が財布を開けて中を見る。大写ししてその面をはっきりと捉えた。

（よし、これで再生回数が稼げる）

僕は青年が財布をポケットにしまって駆け出すのを願った。青年はすぐさま財布をポケットにしまい駆け出した。

（よし！）

僕はカメラを回しながら青年を追う。走る振動で手元が揺れ、映像がぶれる。しかしこれがリアルだ。

（交番だと…）

実に面白くない。ここはすべてカットだ。ポケットに財布を入れて走り出したシーンだけを使ってやる。息急き切らしながら頭の中ですぐに動画の構想ができた。

すぐ側のベンチに腰を掛け、動画を確認していると、青年が交番から出てきた。なぜ青年はあの万札を見て、交番に行こうと思ったのか。まさかあの数秒間で、財布の中の福沢諭吉がただのメモ用紙だったとは気付くまい。万が一気付いていたとしたら、なおさら交番になんか行かないだろう。

理由が知りたくなり、それはここでしか訊けないと思った。そう思うと勝手に足が動き、彼に声を掛けていた。

「ねぇ、君。さっき財布拾ったでしょ？」

「えっ、見てたんですか？　拾いましたよ！　今、交番に届けてきたところです！」

やけにテンション高めに返答する。直感で同い年くらいだとわかった。

「なんで交番に届けたの？　あれだけ金が入っていたら、普通ネコババしようとしないか？　君くらいの年齢なら経済力もないだろうし」

まるで自分に向けた言葉を放ってしまった。これでは僕がその状況だったら、ネコババすると言っているようなものではないか。

「財布が落ちているってことは、落とした人が探しているはずだから」

(聖人君子かよ。違う。こいつは困っている人を助けたいという気持ちではなく、人助けをする自分が好きなタイプだ。こういう奴が一番嫌いなんだよ！　それかなんだ？　金など腐るほどあるってか？　どこぞの御曹司ですか？　そんなようには見えないね。その化けの皮を剥いでやる！)

「実はあの財布、俺が仕掛けた罠だ。君が財布を拾ってからの一連の行動を撮影させてもらった。残念だけど、再生回数を稼ぐためには、君の善意、つまり交番に届けたところはカットさせてもらう。君が財布を拾ってからポケットに入れたシーンだけを切り取って、ＹｏｕＴｕｂｅにアップロードする。もちろん君の顔にモザイクはかけない。これで君の人生はめちゃくちゃだ。さあどうする？」

彼から見れば僕も青年だ。見ず知らずの青年にいきなりこんなことを言われたら怖気付いてしまうだろう。

「なるほど、だから俺が財布を拾ったこと知ってたんだね。ってことは、財布を無くした人はいないってことか！　よかった！　しかも動画制作してるの？　すごいね！　俺も動画に映りたい！　協力したい！」

こいつは何を言っているのか。動画にはすでに映っているし、ある意味協力もしている。何より怒りが込み上げてきた。下手したらすぐ側の交番に連行されるかもしれない。そんな危険を毛ほども想像できなかった。

「遊びでやってるんじゃねぇんだよ。これはビジネスだ。俺には確実に成功する戦略がある。簡単に映りたいとか協力したいとか言うな！」

「ビジネスか！　すごい！　君となら成功する気がする！　君には何かすごいオーラを感じるんだ」

「？」

「俺は響介。スケって呼んで！」

手を差し出してきた。つくづく掴めない奴だ。素性のわからない青年によって、今まさに人生がめちゃくちゃにされる窮地に立たされているというのに。これは、自分の動画を晒されないようにするための彼なりの立ち居振る舞いなのか？

「オーラ？　そいつは一体何色なんだ？　ちなみに俺にも君のオーラが見えるよ」

「えっ、オーラというか、独特な雰囲気を感じる。色とかそういうのは見えないよ。俺にもオーラがあるの？」

ようやくわかった。こいつは正真正銘の精神年齢の低いアホだ。話が通じないのが気掛かりだが、僕の思い通りに懐柔《かいじゅう》できそうだ。

「君のオーラは緑。基本的に優しい性格だが、その優しさ故に騙されやすい性質を持っているだろ？　それに、物事を楽観的に捉える嫌いがあり、喜怒哀楽の『怒』の感情が欠落している。君はあまり人に怒らないだろ？　いや、そもそも怒りというものがわからず、怒れないんだ。ということは、相手がどうしたら怒るのかもわからないということだ。感覚的にわからないのであれば、思考によってカバーできそうなものだが、思考の域まで達せず、『喜』『哀』『楽』をそのまま言動に移すから、気付かずに人を苛立たせているんだ。中でも『喜』の感情が強く、人から頼られると嬉しくなり、何でも喜んで引き受ける気味がある。違うか？」

「なんで!?　全部当たってるんだけど！」

初対面かつ同じぐらいの年齢、籠絡《ろうらく》できそうな雰囲気、これらが手伝って思ったことを率直に言えた。現に僕はこいつになぜか苛立っていた。

「俺には何でもわかるんだよ」

これが、僕とスケのはじめましてのやりとりだった。

――人の粗を探すのが好きな人間に、粗探しの手間を請け負い、提供する。

*

僕の動画コンセプトであり、一息に有名になるための手段だ。再生回数とそれに見合うだけのチャンネル登録者数を獲得するまでは、自分の顔も声も一切映してはならない。自身に悪いイメージがついてしまってはブランディングに関わるからだ。

再生回数と登録者数が充足したら、過去の動画を全部消去し、チャンネル登録者が忘れた頃に実写として僕が映り、クリーンな動画をあげる。これが僕の狙いだ。

しかし、財布の企画は十本目で、これまでにアップロードした九本の動画は全く再生回数を稼げていない。人の醜態を晒すというコンセプトに沿って、多様なコンテンツを乱れ打ちし、その中で再生回数が伸びるものだけをやり続け、伸びなかったものからは手を引く。これが僕の戦略だが、まだ何一つ伸びたものがない。

もしこの財布動画が伸びれば、場所だけを変え、例えば渋谷編、池袋編のようにシリーズ化しやすい。だからこそ、この動画をアップロードする意味があった。

だが、スケとかいうあの青年によって、僕はアップロードを踏み止まってしまった。

もし彼と一緒に動画制作をしたら、今以上に僕のチャンネルが伸びるのだろうか。「有名になる」という目的地により早く辿り着けるなら、彼を利用しない手はない。試してみる価値はある。彼が演者として使えなければ、最悪カメラマンにでもさせておけばいい。僕にとってのデメリットはそこまで感じない。彼を活かすも殺すも僕次第ってことか。

動画配信を始めてから約一ヶ月、チャンネル登録者数七人、最高再生回数三十三回。収益化の条件に達するまで程遠い。この七という数字だって、どうせ人の粗探しが好きな質の悪いフォロワーに決まっている。後々アンチに変貌するポテンシャルを秘めている奴らだ。数字を求めるばっかりに、ここのケアを疎かにしている自覚はあった。

彼をどうするべきか決めあぐねていると、スマホから通知音が鳴った。

「祐一、授業終わった！　十七時から動画撮ろう！」

スケからＬＩＮＥが来た。

（こいつ…、動画の苦労も知らないくせに）

苛立ちが沸々と込み上げてきたが、今の状況から脱却するためには、使えそうなものは何でも使う。スケを存分に利用してやろうと決めた。

――人を動かすにはまず夢を見させることが大切だ。

＊

「スケ、俺には野望がある」

「野望？」

「有名になって経済をぶっ壊す。そして無尽蔵の金と自由を手に入れるんだ」

スケはポカンとしている。

「いいか、今は『個』の時代だ。影響力さえ持ってしまえば、企業に勤めなくて済むし、経済の道理を破綻させることだってできる。企業がやっているビジネスっていうのはな、商品を如何にして売るかの競争なんだ。性能、価格、サービス、細分化すれば切りがないが、競合他社と少しでも差別化を図って小さなパイを奪い合っているんだ。だが、個人が影響力を持ったらどうなると思う？」

「どうなるの？」

「企業が勝負している土俵とは別の場所で戦えるんだ。経済の道理に従えば、モノを買った瞬間、そのモノの価値は落ちるだろ？　だが、有名人であればそのモノを持ち続ければ持ち続けるほど、モノがボロくなればなるほど、反比例して価値は上がるんだ。不思議じゃないか？」

「確かに不思議だ！」

「それが希少価値だ。真っ当にビジネスをしている人間にとっては理不尽極まりないが、有名人が持つその希少性によって、経済の道理を破綻させることができるんだ。幸いにも今は誰でも有名になれる環境が整っている。少なからず可能性はあるってことだ。自由という面でいえば、例えば、映画の主役にバンドマンが抜擢されることがあるだろ？」

「ある！」

「『映画初主演』とか持ち上げられたりなんかして」

「あるある！」

「俳優業の世界で長年努力しても報われず、芽が出ない役者からしたら、ふざけるなだろ？　こっちの畑まで立ち入って来るなって」

「確かに、可哀想！」

「映画業界の人間は、売れる映画が作れれば良いわけだから、集客力のある人をキャスティングしたいと思うのは当然だろう。それにそのバンドマンは、役者が喉から手が出るほど欲しい主演のオファーを無下に断ることだってできる。究極、影響力があれば、すべて個人で映画をプロデュースすることだってできる」

「やりたい放題だね！」

「便宜上、有名人とは言ったが、世間に認知されているだけの有名人では駄目だ。社会に求められていなければ意味がない。目指すべきは、熱烈なファンを持った影響力のある有名人だ。スケ、お前は大学を卒業してサラリーマンになるのか？　毎日スーツ着て、電車に揺られ、会社で媚びへつらい、八時間労働プラス残業し、休みはたったの週二日。それを死ぬまで繰り返す。そんな惨めな生活をしたいのか？」

「祐一、天才だよ。その通りだ。ＹｏｕＴｕｂｅで成功しよう」

単純な奴だ。

「じゃあ何をやるか。まず、人気を博すＹｏｕＴｕｂｅｒ達がやっていることは、全部やらない。ドッキリ系、検証系、教育系、ビジネス系、インタビュー系、ゲーム実況、ものまね、ＶＬＯＧ・・・・・そこでは戦わない。なる丈ニッチで参入障壁が高いもの、欲をいえば、俺達が得意なものだとなお好ましい。だが、なかなか難儀だ。そこで思い付いたのが、世界のローカルなニュースを取り上げるチャンネルだ。世界各地で起きた小さな個人的ニュースをインターネットでリサーチして、ＴＶのニュース風にお届けする。ここで注意すべき点は、どこに価値があるかだ。ニュースという情報に価値があるだけでは誰でもできてしまう。俺達がやるから観たいって思うリスナーを作らなきゃいけないってことだ。そのためには、ニュースを取り上げるだけでなく、それについて深く掘り下げ、俺達にしか話せない内容を話すんだ」

正直、世界で起きた個人的なニュースなんて全く興味はない。それでも有名になるためなら、やむを得ない。

「いいね！　楽しそう！　やろう！」

嬉々としてスケが答える。

「あとショート動画にも力を入れる。今はＮＥＴＦＬＩＸとかアマゾンＰｒｉｍｅ Ｖｉｄｅｏとか、企業ぐるみの動画配信サービスに、Ｔｗｉｔｔｅｒ、インスタ、Ｆａｃｅｂｏｏｋ、ＴｉｋＴｏｋなどのＳＮＳ、スマホ一台で手に入るエンタメが無数にある。これだけコンテンツが溢れ返っているのに、視聴者の可処分時間は変わらない。つまり視聴者からしたら、観たいものがありすぎて、無名な人の動画など観ている暇がないんだ。だがショート動画ならまだ可能性はある」

「ショート動画用に撮影するの？」

「いや、ＹｏｕＴｕｂｅの本編を見てもらうための動画だから、切り抜きで充分だ。本編の面白いところを切り抜いてＹｏｕＴｕｂｅＳｈｏｒｔｓはもちろん、Ｔｗｉｔｔｅｒ、インスタ、Ｆａｃｅｂｏｏｋ、ＴｉｋＴｏｋにも転用する。ある程度有名になったら、ファンに切り抜き動画を作ってもらう予定だ。そうすれば俺らが手を動かさなくても動画が量産されていく。作っては消化され、作っては消化されというラットレースから脱却できるってわけさ。俺らにも可処分時間ってのがあるからな。成功するためには人や金に上手く働いてもらうんだよ」

「さすがだな祐一！　そこまで考えてるのか！」

「戦略でいえば他にもある」

「何？」

得意気になっている自分がいる。

「他人のチャンネルにコメントを残しまくる」

「たまに『僕らの動画観て下さい』的な感じで、駆け出しのＹｏｕＴｕｂｅｒが宣伝してるの見掛ける！」

「俺らがやるのはそんな下種張《げすば》った、単なる宣伝じゃない。これはステルスマーケティングだ」

「なんかカッコいいね」

「発信者っていうのはな、黄色い声援を浴びたくてたまらない承認欲求に飢えている奴らだ（自分を棚に上げてみる）。だから自分の投稿に付いたコメントは必ず見る（棚の上は挨まみれで喘息になりそうだ）。だがそんな中、自分のチャンネルに赤の他人が宣伝してきたらどうだ？　発信者もそのファンも良い気はしないだろう。だから宣伝ってバレないように宣伝する」

「どうやるの？」

「ツッコミどころ満載なユーモアのあるコメントや、ファンの言いたそうな言葉を代弁して書き込む。そのコメントが秀逸であれば、グッドボタンが付く。グッドボタンが稼げれば、グーグルのアルゴリズムから良質なコメントと認識され、表示順位を上げてもらえる。人の目に多く晒されれば、どんな人がこのコメント書いてるんだ？　ってアイコンを押してみたくなる。遷移したチャンネルに動画がアップされていたらとりあえず一本くらい見ちゃうだろ？」

「見ちゃう」

「そういう流れをつくる。他人の人気にあやかって周知させる。それも水面下でな」

＊

互いに二つずつニュースを持ち寄り、交互に紹介していく。

スケがニュースを紹介するときは、初めて聞いたようなリアクションを取り、それについての所感を話す。もちろんこれは織り込み済みの展開で、すべて予定調和だ。事前に僕が台本に目を通し、それについての反応を準備している。

ただ僕が用意した台本だけはスケに見せない。その方がスケの良さが引き出せると思ったからだ。そもそもスケに演技はできない。話が脇道に逸れることも多々あるが、具材としては良い味を出す。僕らの性格上、僕がツッコミで、スケがボケのポジションに自然となる。とにかく仲が良い友人を演出する。それが、僕が僕に課した重要任務だ。

（ベラベラしゃべりやがって、話が脱線してんだよ）

その苛立ちをおくびにも出さず、笑顔で相槌を打つ自分が編集画面に映っている。

編集の流れとしては、まず全体の冗漫さをなくすために動画自体の速度を一・四倍速にする。有名人であれば、ダラダラと流して再生時間を気にしなくていいが、無名の僕らの動画を見てもらう時間は限られている。僕らに許される再生時間はせいぜい三分だ。どこを残し、どこをカットするか、細かくカットすることでリズムができる。話す内容に合わせてＢＧＭを選定し、笑わせる箇所は大胆にＢＧＭを消す。

最後に、効果音とテロップと字幕をつける。字幕は見易さを意識して、文字が白抜き、外枠は僕がオレンジでスケが緑と使い分ける。これだけでも大変な作業だ。目一杯伸びをして、半ばしびれた足を伸ばし、トイレへ向かった。

（ちっ、使用中かよ）

なるべく住人と接触しないように近くのコンビニに行った。コンビニの自動ドアに、おにぎり百円セールのポスターが貼られていた。腹が減っていたことを思い出し、おにぎりが並べられている棚へ直行した。僕はコンビニ経営者の企みにまんまとハマってしまっている。

トップボードには、おにぎり百円、税込み百六十円以上は百五十円と書かれている。割引額の差が大きいものに目を遣る。少しでも得をしたい、少しでも損をしたくない、一歩も譲れない損得勘定によって、陳列棚の前から動けないでいる。おにぎり百円セールごときで迷っている姿を店員にも周りの奴らにも見られたくない。俺は有名になる男だぞ。早く決めなくては。

結局、税込み百九十八円の鮭ハラミと生たらこのおにぎりを一つずつ買った。言わずもがな、高級感のある包装フィルムにシズル感のあるパッケージ写真のやつだ。なぜ百円のおにぎりではなく、百六十円以上のおにぎりを選んだのかといえば、正直なところ普段手を伸ばせないからだ。だが本当に貧乏な奴は、おにぎり百円セール時、税込み百六十円未満のおにぎりしか買わないだろう。美味しさと五十円を天秤にかけて、たった五十円をケチるのだ。なんとも醜い。そういう人間にはなりたくないものだ。

コンビニのトイレに行くのを忘れシェアハウスに戻った。住み始めてもう二年になる。

そこは、二階建ての一軒家で、下の階に八部屋、上の階に八部屋の都合十六部屋で構成されている。各部屋が四畳半の個室で、キッチン、シャワー、トイレが共同、光熱費込みで月四万二千円。この破格の家賃が、低俗な民を寄せ付ける(無論、僕を除く)。

このシェアハウスには女も住んでいる。当初は、ほんの僅かな邪な気持ちで男女共用を選んだが、それはそうさ、住んでいるのは醜い女だ。ビリケンによく似たひっつめ髪の豊満女は、廊下ですれ違っても仏頂面で、会釈すらしない。お前はビリケンなんだから少しは笑え。

洗濯機を使い終わったら、服をすぐ取り出さないと、次使う人が勝手に洗濯機の上に載せる。ビリケンの黄ばみがかったよれよれの下着を何度見せられたことか。

シャワー室は、排水溝で大量の毛が水の行く手を阻み、脱衣スペースには使い終わったシャンプーの容器が散乱している。キッチン周りは、色が変わり果てた残飯群が鼻を襲撃する。おまけに便器には、・・・言わないでおこう。

隣部屋に住んでいる、臍《へそ》まで届きそうな髭を持つ男は、夜中発狂するし、向かい部屋のくるくるヘアの男は、キッチンペーパーにマジックペンで「電気消せ、わかるか？」

「歌うな、困る」「残飯、不快！」といった具合の文句を書く。こんな奴らと一緒くたにされては、矜持《きょうじ》が傷つけられてならない。この低所得者の巣窟から世界に向けてアップロードのボタンをクリックする。

＊

バイト初日、こういう日も僕はギリギリで、やや小走りで向かった。

面接は喫茶店でやったから、お店に行くのは今日が初めてだ。

この辺のはずだが、どこにあるかわからない。

「目的地は右側です。お疲れ様でした」

グーグルマップが僕を置き去りにする。

まさかここじゃないよなと思える場所にレンタル屋はあった。

バイト先を決めたのは、映画と音楽が好きだからという単純な理由からだ。そこは、
店長が個人経営をしていて、ＣＤとＤＶＤの割合が八対二の時代に逆らった風変りなレンタル屋だ。

女子大に通いながらアルバイトをする菊池美咲。彼女はロングヘアで、どんぐり眼、陶器のようなきめ細かな肌をし、一歳差とは思えないほどの妖艶な雰囲気を醸し出していた。一目惚れする人は少なくない容姿だが、近くにいると違和感を覚える。

美咲さんは臭い。この臭いは何なのか。線香の煙とカビの生えた古本を同時に突き付けられたようなその悪臭は、美咲さんからのものではないと信じたい。美咲さんは映画に使用された主題歌や挿入歌が好きで、イントロを聞いただけで曲名と映画のタイトルをセットで当てられると豪語していた。その自信のせいからか、客が何かを探す素振りを見せると、「探している商品を鼻歌してみてください」と声を掛ける。

すると、客は言われるがまま鼻歌かメロディーを口ずさみ、美咲さんの脳内で検索が始まる。たちまち、美咲さんは商品の棚に移動し、「これですね」と見つけ出す。傍から見ている僕は、なんて滑稽《こっけい》なんだと吹き出しそうになる。僕の知っている限りでは一人だけ、鼻歌を恥ずかしがったのか、何も言わず店から駆け出して行った客がいた。美咲さんは僕の方に寄って「きっと探している作品を一生見つけられないわよ」と小声で笑った。美咲さんと客との距離感が近いのはこのためなのだろう。

＊

友達を作らない僕は、気になる映画が上映されても映画館へ行くことはない。だがマニアックなＢ級映画は、ＤＶＤ化や動画配信がされないから仕方なく一人で観に行く。僕ぐらいのレベルになると、流行っているからという理由だけで観に行くミーハー共とは違い、監督が誰なのか、新しい価値観を手に入れられるのか、自分のクリエイティブ心をくすぐられるのか、予告を何度も観て、確認してから行く。ちなみに小説の映画化は絶対に観ない。本を読んで生まれた自分の想像力を映像が勝ることはないからだ。

「祐一君、明日公開の『ばればれ』観に行く？」

「えっ」

「やっぱり！　宮下監督作品好きなんだ！」

「なんで宮下監督知っているんですか!?」

『ばればれ』は明日公開だから、Ｔｗｉｔｔｅｒか何かで告知されているのを偶然見たっていう話ならまだわかるが、まさか宮下監督の名前が出てくるとは。

「知ってるわよ！　私、宮下監督好きで、宮下監督が脚本の劇も観に行ったことあるもん」

言葉や表情の機微から「にわかではないぞ」というのが伝わってくる。

「俺も全部観に行ってます」

「もしかしたらどこかの劇場で会ってたかもね（笑）」

「でもなんで、俺が宮下監督好きだってわかったんですか？」

「バッチ！　かばんに付けてるじゃん」

「あっ」

「何の作品が一番好き？」

「『カオダケ』ですかね」

『カオダケ』は、ナルシストの好色漢が、次々に行きずりの女を抱いていくも、本当の愛を見つけられずに葛藤する物語だ。ちなみになぜタイトルが『カオダケ』なのかというと、主人公の良いところは顔だけだから、カオナシならぬカオダケ。

「『カオダケ』か！　センスいいね。カオダケさんほんとカッコいいよね。あれ知ってる？映画制作費がなくて一流俳優をキャスティングできないから、日本全国探し回ってカオダケさんを見つけたらしいよ。しかもカオダケさん『カオダケ』が初演技で、初主演！演技っていっても監督がそのままの君を撮りたいって言って、カオダケさんのセリフだけわざと全部空白にしたらしいよ。芸名も映画がきっかけでカオダケになったのよ」

　知識に奥行きのようなものを感じる。間違いなく僕より詳しい。

　絶対自分だけだと思って、ずっと大切にしていたものが、誰かも同じくらい大切にしていると知ったとき、なぜこんなにも愛おしく感じるのだろう。二人だけの隠しごとができたみたいだ。

＊

ノースリーブのブラウスにカーディガンを肩に掛け、大人の雰囲気を醸し出す美咲さんを前に、その完璧さも一つの欠点だけですべてが崩れるのかと思った。つまり臭くなければ、僕は美咲さんをガールフレンドにしたいと思っているのだろう。とても単純だが、僕はいわゆる二十歳なのだ。

映画館のエスカレーターで、手すりに寄り掛かる美咲さんを後ろからぼんやり眺めていると、脇から毛筆のような毛の束が見えた。頭の中でピキンと光が跳ね、白黒の砂嵐を見た。美咲さんが何かを言って振り返ったとき、それが髪の毛だったことに気付いた。

映画の内容は、ラストシーンですべての謎が解けるミステリー系だった。

誰かと映画を観終えた後の第一声は何を言うべきなのか。

「主人公が隣の部屋にわざと時計を置いてきたシーンよかったよね」

美咲さんの着眼点はやっぱり鋭く、僕の気付けなかった箇所もわかりやすく解説してくれた。どこにも見当たらない最後のピースを一緒に探してくれて(美咲さんは在り処を知っている)、僕がカチッといい音を鳴らしてはめるまで誘導してくれるそんな解説の仕方だ。最後の謎解き部分だけは言わずに託してくれる。痒い所に手が届くとかでなく、もう痒くならないように塗り薬を差し出してくれる。あくまで塗るのは僕だ。

この絶妙な優しさができるのは、なぜだ。僕が考えているすべてのことを見透かされているかのように常に先の一手を打ってくる。今まさに考えていることもバレているのか。バレているかもしれない不安な気持ちも、バレているかのように美咲さんは微笑んだ。

「バレてるよ」

「へ?」

「言ってたじゃない、バレてるよって」

「あー、主人公のセリフですね」

僕はほっとした。

「あの女優さん綺麗でしたよね」

「ねっ！　演技も上手かったし、これから人気になりそう」

「一気に有名になったら色々と大変そうですよね」

思ってもないことを口にするとこんなにも軽い。

「きっと大変よ！　祐一君はああいう人がタイプなの？」

「タイプっていうか・・・」

「でもね、女の子はみんな綺麗って思ってるでしょ、そんなの大間違いよ。女子トイレは男子トイレより汚いし、毛の処理だって疎かにしてる子いっぱいいるんだから。女の子って大変なのよ」

僕は「そうなんですね」としか言えなかった。ややあって、美咲さんは静かに
「祐一君、薄々気付いてるかもしれないけれど、私臭い？」

女の子の大変さ加減に気を取られ、思わず「そうですね」と答えてしまった。

程なくして、失言に気付き、前言撤回するように「そんなこと思ったことありません」と加えた。空気が固くなって、空気の吸い方を忘れ、口元がだらしなく半開きになっていた。ばつが悪い時間は尾を引く。

「私こっちだから、また明日ね」

と言って美咲さんは右に曲がった。

左目の端にぼんやりと公園が見える、缶ビールを片手に、語らっている男女学生は、街灯に集まる名前さえわからない小虫のようだ。ペダルを漕ぐ、僕のママチャリはロードバイクより速く走った。喉の奥に痰が絡む。

＊

初めてスケのアパートに行った。スケが住むアパートは、ワンルームのユニットバスだが、二階だから見晴らしが良く、南向きで日当たり加減も申し分ない。

まず目に飛び込んできたのは、本棚で窮屈そうにしている小説達だ。両手を使わなければ抜き取れそうにない程、肩身を狭くしている。

（スケは読書家なのか？　これだけ小説を読めば、物知りのはずだし、相手の心情を読み解く能力だってあるはずだ。待てよ。こいつ、俺の前でバカなフリをしていたのか？騙されているのは俺の方なのか？　そんなはずはない）

多少斜に構えて訊いた。

「これ全部お前の？」

「そうだよ！　まだ全部は読めてないけど！　こうやって本棚を眺めるのが好きなんだ。時々本の並び順を替えたりして、これはここじゃないなとか一人で呟いちゃうんだ」

（こいつには何にも気付かず、いつまでも愚かなままでいてほしい）

僕は刺激しないよう慎重に言った。

「お前本読めるのか、何のために読んでんだよ」

「本を読むとね、思い出させてくれるんだ。そこに書かれている物語や言葉が引き金となって、忘れかけてた匂いや感覚を呼び起こしてくれるんだ。でも、そのときの微かな記憶にいつまでも浸っていると、次の一文に戻るまでに時間がかかっちゃうんだ。だけど、やっぱりその時間がなんとも乙でさー」

「そうだよな」

何を言っているのかさっぱりわからないが、ここでわからない表情をすると僕の方が劣って見えてしまうので如何にもわかったような振る舞いに努めた。

「その点、何か不安や考えごとがあると本は全然進まないんだよね。字面だけを追っているだけってことに気付いて、また最初から読み直すことが多くてさ」

「結局読めてねぇじゃねぇか」

「ハハハハ。確かに（笑）」

「お前が読んでる小説って、有名なもんばっかだな」

本棚でひしめき合っている本達は、賞を受賞しているものや、ベストセラーになったものばかりだ。

「本屋に行くと色々読んでみたくなって、いざ買ってみると、有名な本だったってことが多いんだよね」

「流行は偶然ではないからな」

「どういうこと？」

「流行りって自然に流行ったように思えるだろ？　あれはテレビ局や企業、広告の力によって、流行らせようとして流行らせてるんだ。あたかも自然に流行っているかのようにみせてな」

流行るという言葉を言い過ぎて噛みそうになった。

「そうなの？」

「お前はそんなことも知らないのか。それに、たくさん売れていて人気の本だからって、良書とは言えないんだぞ。『何万部突破』とか、『何万人が感涙』とかあるだろ？　日本人の平均のもっとも分厚い層、ごくごく普通の凡人達が共感し感動してるってことだろ？　頭の良い奴や感性が優れている奴らは、その平均に含まれていないんだよ。それどころか創造する側で、一般大衆の心を揺さぶり、時には煽動して楽しんでいる。お前はその天才達に踊らされている一人ってこと」

「全然知らなかった！　祐一はほんと何でも知ってるね！」

何を試着しても似合っていると言ってくるアパレル店員くらい、なぜか鼻につく。それでもなぜこいつと一緒にいるのか。それは僕を認めてくれているからだろう。こいつに認めてもらったところで何も変わらないのはわかっている。けれど、これまで僕は誰にも認めてもらうことがなかったのだ。

「ずっと思っていることがあってさ、どの小説にも必ずと言っていいほど性的表現が含まれてるじゃん？　あれは何でなの？　あれはやっぱりみんなエッチなことが好きだからら？」

「生理現象だからだよ。人がトイレに行くのと同じで、人や動物が登場する物語に性的表現が組み込まれるのは然るべきなんじゃない？」

「うわぁー。そういうことか！　あとさ！　小説に出てくる会話ってお洒落だと思わない？」

「作家は、考えに考えて書いているだろうからな」

「長い時間をかけて書いているもんね」

「そう。そもそも自然発生的じゃないからな。それに作家からしたら、その人物に言わせたいことを言わせてるわけだし、一瞬の描写でも、突発的に発せられたセリフはない、作家は物語上での創造主、神なんだよ」

「作り物なのになんであんなに感情移入しちゃうんだろ。あとさあとさ！」

スケの口は休まない。

「主人公の顔とか勝手に想像するけど、読み手によってみんな想像してる顔が違うってすごくない？」

「何を当たり前なこと言ってんだよ」

「まあ、当たり前か(笑)。でも主人公はだいたい美男美女を思い浮かべない？」

「それはわかる」

「あとさあとさ、海外の小説はよく最初のページに、『愛しの某に捧げる』とか『誰々を偲んで』とかって書かれてるじゃん？　あれ好きなんだよねー。書き手にとってその人がいなければその作品は完成されなかったということでしょ？　そこにリスペクトが込められているというか、一緒に完成させた作品って感じがするっていうか」

「俺は嫌いだわ。あんなのお為ごかしだろ。結局は自分のため、自己満なんだよ」

そんなこともこいつは気付けないのか、またはそう思える自分が素敵だと自己陶酔したいだけなのか、いずれにせよスケは極めて思考が浅い。こうしてまた僕は安堵する。

ただ、いつか役立つときが来ると打算的に本を読んでいる僕とは違い、スケは純粋に本を楽しんでいる。これがどんなに尊いことなのか僕にはなんとなくわかった。

「将来、死ぬまでに小説を一冊でいいから書きたいんだよね」

若干頬を赤らめながらスケは言った。

「祐一が経済をぶっ壊すっていう話をしたとき、自分だったらどうなりたいか考えたら、小説を書きたいって思った。有名になったら叶うかもしれないと思って本気で興奮したんだ」

「なるほどな」

よしんば、こいつに小説を書く文藻《ぶんそう》があるのなら、共作するという体で原稿を書かせ、出版する直前に自分の名前だけを残し、印税収入をたらふく頂戴するのも悪くない。高揚感で頬にこみ上げてくるニヤニヤを抑えようと無闇に口の周りを動かした。

「どういうの書きたいとかあんの？」

「んー、俺にしか書けないことかな」

「は？」

「昔じいちゃんがそんなこと言ってたんだ」

「ますます『は？』だぞ、話通じねえ奴だな」

「ジャンルっていうの？　テーマは友情系がいいな！　もちろん祐一を登場させたい」

「やめろ」

「私の人生を変えた一冊ってよく言うじゃん？　祐一にはある？」

「ない。スケはあんの？」

「ないなー、そもそもほんとに一冊で人生変わることってあるの？」

「少なくとも小説はないだろう。虚構だし。専門書や実用書の方がまだ現実的じゃないか？　具体的に書かれていることを実践したら成果が出て、結果的に人生が好転していったみたいなね」

「そうか〜」

「何落ち込んでんだよ」

「小説では人生変わらないのかと思ってさー」

「小説はどこまでいってもエンタメだからな。そもそも人生変えたくて小説読んでるのか？」

「読んでないね」

「よくわかんねぇな」

「でも、ずっと自分が探してた本を書きたいな。自分が探してきてまだ見つかってない本は自分で書くしかないんだよ！　そう思わないか祐一！」

「思わないね、そもそもそんなに本を読んでないだろお前。これまで先人達が書いてきた本なんて一生かけても読み切れないんだぞ。人類が持つすべての問いに、先人達がすでに答えを出してんだよ。これだけ世に本が溢れてる中で、それでも本を書きたいって奴は相当なアホか変人だけだね」

「俺両方じゃん」

腹がよじれた。

「好きな本はあんの？」

「んー、好きな本かあ。好きな一文ならあるよ」

スケは渋いものを食べたときの顔で言った。

「『親譲の無鉄砲で小供の時から損ばかりしている』*」

「『坊ちゃん』」

「そう！　それ！」

「この一行読んだとき、震えたね」

* 『坊っちゃん』夏目漱石 - 青空文庫

「えっ、そこ？　他にもっと震えるとこあるだろ」

「そう？　まっ、漱石は『坊ちゃん』しか読んだことないんだけどね。『こころ』とか『吾輩は猫である』とかは難しくて途中で読むのやめた」

「『漱石』って友達みたいに言うな（笑）」

「じゃあ、漱石さん？」

「漱石さん（笑）」

「人は何のために生まれてきたと思う？」

「いきなりどうした？」

「うん」

「まあ、生まれてきた意味なんて無いね。人生は長い暇つぶしってよく言うだろ。あれは言い得て妙で、俺らは親の欲心《エゴ》で生まれてきたんだよ。いわば人類は皆、加害者であり被害者なんだよ」

自分の中のニヒリズム的側面が出てしまった。

「スケは？」

楽しむためとでも言うのだろうか。

「後世に何かを残すためだと思う。この世に生まれたからには、何かを残さないとって思うんだ」

「ほう」

「例えば漱石から感銘を受けて、作家になった人達がいるでしょ？　それって漱石がいなかったらさ、その作家達は作家になってなかったかもしれないじゃんね。でさ、その作家達も誰かに影響を与えて、また新しい作家が生まれてくる。そうやって脈々と魂が受け継がれていくと思うんだ。だから、俺が何かを後世の人のために残してあげないと後世の素晴らしい才能の芽を摘んでしまうことになっちゃう」

「でもお前がやらなくても誰かがやるよ」

「うん。確かにそうかもしれない。だけど、会議で発言しない人はその会議に参加してないことと同じってよく言うじゃん？　地球に降り立った以上、何かを残さなかったら、じゃあ俺生まれて来なくてもよかったじゃんってなる。そんなの寂しいじゃんね。せっかく生まれたんだから頑張ろうって。こう思えたのも祐一のおかげだよ」

（こいつ俺に向かって何かを諭しているのか？　実はこいつ、俺が思っているより馬鹿じゃないのか？　だとしたら何だ？　天然・・・？）

「いやー、ほんとに小説書きたい」

「そこまで言うなら書けよ。今すぐに！　ほら書け！　紙とペンがあれば今すぐにでも書けるだろ！　いつか書きたいって言ってる奴に書く日は訪れないんだよ」

だんだん腹が立ってきた。

「実はね」

「なんだ？　書いてるのか？」

スケはモジモジしだした
「小説はまだ書けてないけど詩をね、こっそり書いてるんだ」

「どれ、見せてみろよ」

恥じらいながらも見てほしそうに、三枚のＡ４用紙が入ったクリアファイルを持ってきた。

―陳列―

僕は君を笑顔にするためにそっと送り込まれた
前列には先輩
新入りは後ろ
これが僕らのきまり
ときどき、二、三個飛ばされたときはクスッと笑っちゃう
顔の近くで「ピッ」と響く音を
僕らは幸せの音と呼ぶ
当たり前だけどまだ聞いたことがないんだ
あっちの世界は噂によると
勉強するときも
友達といるときも

テレビを見るときも
一緒にいてくれるらしい
僕らの仲間をひっくり返し、険しい目でみて
カゴの中にそっと入れてもらったときには
僕たち全員で喜ぶんだ
仲間が旅立つのはちょっぴりさみしいんだけど
僕が旅立つときも喜んでほしいから
周りを見渡せば僕と似たやつはたくさんいて
君を笑顔にするものは他にも山ほどあって
だけど、今か今かと君をずっと待っている

―赤信号―

私は毎日、一体何人の人と顔を合わせているだろう
百？　二百？　そんなもんじゃない
眠そうな顔をしている人
ちょいと怒ってる人
やたらと笑っている人たち
私のギリギリ手前で止まって
鋭い目付きで睨んでくると
ときどき罪悪感に苛まれる
まあ、そんなこと慣れっこだけど
隣のやつはいつも中途半端
そんで隣の隣はいつも心が広い
そいつの呼ばれ方だけ何やら二つあるらしい

小さい子はそいつを見て首を傾げている
青だとか緑だとか言いながらさ

―小雨―

僕を好きな人はあまりいない
僕はたくさんの不幸せを招くみたい
この前は彼女が気に入っている白い靴を汚したっけ
つまり、厄介者で、疫病神で、悪役
みんなの中で僕は当然の存在で
みんなは僕がいないと生きていけないくせに
頭でわかってはいても、僕が現れると溜息をついて海月みたいなものを向けてくる
どうして悪役は主人公になれないの？
誰がなんと言おうと僕がいないと始まらない世界なのに
「どうか僕にそっと寄り添ってよ」
「どうか僕が降る日をいい天気だと言ってみせてよ」

唾を飲み込む音が聞こえた。

スケが鹿の剥製《はくせい》のような眼差しで僕を見ているのが、視線を落としていてもわかる。

体が熱いのは、共感性羞恥心からか、それとも文章から伝わる優しい熱からか。

表現をするには覚悟が問われる。勇気を出してさらけ出してくれたその思いは真摯に受け止めたい。こいつもこいつなりに一生懸命もがいているんだ。頑張っている奴は嫌いじゃない。

スケのアパートは居心地がいいので、撮影以外にもよく行った。スケから合鍵を預かっているから、奴が大学に行っている間は風呂に湯を溜め、盛大にくつろいだ。シェアハウスはシャワーしかないから、湯浴みができることは至福だった。シャワーがあれば充分だった生活が、いつしかお湯に浸からないと疲れが取れない体になってしまった。これは人類としての退化なのではないか。贅沢になればなるほど自身が退化していく様を甘受しなければならないのか。

＊

「祐一、焼肉買ってきたよ！」

大学は好きな授業を選択できるシステムらしく、スケの時間割をすべて把握するまで苦労した。今ではスケのおおよその帰宅時刻がわかっている。

食事中はおおむね大学の話で持ちきりだ。スケがあまりにも楽しそうに話すから、大学生を羨ましくも憎たらしくも思う。スケのおかげで『ピー逃げ』（教室入口付近にあるカードリーダーに学生証をかざし、ピーと鳴らして立ち去る行為）、『よっ友』（入学当初、周りに居合わせた人と仲良くなり、大学のシステムや授業内容、サークル事情などを情報交換するものの、ゴールデンウィーク以降くらいから互いに連絡を取らなくなり、いつしかすれ違いざまに『よっ』と言い合うだけとなった友人）、『楽単』（楽に単位が取れる講義）など大学生の幼稚な共通言語を覚えた。

スケの口からよく出てくる町田先輩。一番尊敬しているようだが、きっと調子の良いことをいわれて騙されているに違いない。焼肉を食べ終え、二人で横になってテレビを見る。豊満な女芸人が下品なネタで笑いを取っている。

「お前、女って綺麗なものだと思ってるだろ、実は、女子トイレは男子トイレより汚いし、毛の処理だって疎かにしてる女いっぱいいるんだぜ。おまけに男より体臭がきつい奴もいる、知ってたか？」

僕は自慢げに言った。美咲さんのことは嫌いではなかったが、スケにすごいと思われたい気持ちが勝って余計なことまで言ってしまった。また同時に、俺は女子トイレを見たことがないのに何を言ってるんだろう。これではまるで女子トイレに入ったことがある発言じゃないかと思った。

そんな気持ちとは裏腹に、スケは「そうなのか、全然知らなかった、祐一は何でも知ってるんだな」と嬉々とした表情で言った。

馬鹿で良かった。これから先、スケの馬鹿さ加減に救われることが何度もあるだろうと胸の内で思った。

＊

外に出ると三秒で汗をかく季節になった。おでこから噴き出すそれは、どこに行こうか迷いながら落ちてくる。汗も滴るいい男は、ポカリスエットが似合う空、生温い風を受けながら自転車を飛ばしてバイト先に向かった。

遅刻寸前、店長にいびられるのが嫌で普段通らない細い道を選んだ。舗装が成されていないその道は、両脇から生える草木に撫でられながら通らなくてはならない。果たして、蜘蛛《くも》の巣に引っかかってしまった。

始業時刻には何とか間に合ったが、店長にはしっかり怒られた。

「ギリギリに出勤してくるな、こっちは給料払ってるんだからな」

ずんぐり体型に丸メガネで、髪はセンター分け、『八』こんな感じだ。末広がりで、こりやまためでたいこった。おでこは常時、脂でテカテカしている。彼が毎日履いているジーンズは、見るからに臭そうだ。毎回洗うものではないが、何年か分の屁が染み付いていることだろう。店長憎けりゃジーンズまで憎い。

口癖は「こっちは給料払ってるんだからな」と「社会ってそういうものだから」だ。それにもう一つ。少し言いすぎてパワハラに抵触してしまうかもしれないと悟ったとき「自分との戦いやぞ〜」と言って自分は悪くないアピールをする。

「一服して来る」と胸ポケットからｅｃｈｏを取り出し、スタスタとドタドタのちょうど中間の独特な歩き方で外へ出て行く。彼を慕う者は一人もいない。彼はバイトの人間にゆっくりさせる時間を一切与えないのだ。

彼の存在は、勝手に追加される役立たずのフリーＷｉ－Ｆｉくらい鬱陶しい。客が来ないときは執拗にトイレ掃除、窓拭きをさせる。掃除したばかりで綺麗であっても彼にとっては関係ない。そうしてまた綺麗なものを綺麗にする。

バイトを始めた当初、店長の前では忙しいふりをすることが不文律だと美咲さんに教えてもらったくらいだ。そもそもこのご時世にレンタルショップなんて時代遅れだ。スマホで動画や音楽をストリーミングすれば、いつどこにいたって観たり聴いたりできる。客は情報化社会に適応できないごく少数の小汚い中年層ばかりだ。じきにこの店も潰れる。頭の中で誰でも言える尤《もっと》もらしいことを並べてみても、雇われの身である以上何の効果も発揮しない。そんな悔しい思いを掻き消すように窓を拭く。

掃除は人の気持ちが顕著に表れる。さっきからずっと頭に違和感がある。触ってみると蜘蛛の糸が乗っていた。どうせ店長に怒られるなら、急いで来ることはなかった。そうすれば、蜘蛛の巣に引っかからなくて済んだのだ。自分の住まいを一瞬にして奪われたあの蜘蛛もまた不憫だ。今ごろ新しい住まいを一からあの場所で構築しているのだろうか。帰りしなに寄ろうかと思ったがそんな資格は僕にはない。

＊

スケの家で横臥《おうが》していると、「祐一、ビックニュースだ！」と、大学から帰ってきたスケが嬉々として声を張り上げた。あまりの驚きに、頭の中でジーンと何かが鳴り、髪が逆立つような不快さに見舞われた。スケはそんなことお構いなしに、目を輝かせながら言った。

「今日大学でラブレター貰った！」

信じられない。

「見せてみろ」

「これ！」

白いミニ封筒に便箋が二枚入っていた。一枚目には、字が溢れそうなくらいスケへの想いが綴られていた。そして二枚目は白紙だった。

「昭和の青春学園ドラマかよ」

ただ、文字の綺麗さや二枚目に白紙を入れるところから知性や恭しさが感じられる。

「どんな子なんだ？」

「わからない。ここに書いてあるように、キャンパスでハンカチを拾ってあげたのは覚えてるけど、話したのはそのときだけでさ」

確かに、ハンカチを拾ってもらってからスケのことが気になりだし、手紙を綴ったという経緯がそこには書かれている。結びには、お近づきになりたいから、もしよければ明日一限が始まる前に十二号館の前に来て欲しいということが記されていた。

(昭和の青春学園ドラマかよ)

思わず二回目を口に出しそうになった。

「別に人間生きていれば、ラブレターの一枚や二枚貰う機会なんてあるだろ。そんなにはしゃぐなよ。むしろ今まで貰ったことなかったのか？」

「祐一、さすがだな。ラブレターなんて初めてで、舞い上がっちゃう！　返事は何て書いたらいいかな？」

（返事？　そんなの必要か？　明日の朝、十二号館に行けばいいじゃないか。しかし、仮にスケがその子と付き合うまで発展したら、女に現を抜かしてＹｏｕＴｕｂｅに身が入らなくなるのではないか。それはまずい。今から釘を刺しておく必要がある。返事は書かせよう。形にした方が御し易い）

「今からバイトだから、帰ってきたら一緒に返事考えてやるよ」

バイト先でラブレターのことをまるで自分のことかのように美咲さんに話した。

「今日、大学でラブレター貰ったんですよ」

美咲さんには単なるフリーターだと思われたくなくて大学生と嘘をついている。

「うわー素敵！　祐一君ってモテるのね」

そういうことは思ってくれればいいだけで、わざわざ口に出して欲しくなかった。「共学ってそういうことがあるから羨ましい、やっぱりいいねー」

そんなことより、本来は返事を書くべきなのか訊きたかったので、それを「そうなんですね」で受け流した。

「明日の朝、一限が始まる前に会って話したいという内容だったんですけど、返事って書いた方がいいんですかね？」

悔しいが僕はラブレターを貰ったことがない。

「そりゃあ貰ったら嬉しいわよ、だって抑えられない気持ちから書いたのよきっと」

そんなことを聞くとスケが羨ましい。

「でも男が返事を書くのってなんか女々しくないですか？」

「そうかな？　私は可愛いって思っちゃうけど。それならこういうのはどう？　その子に対して気があるんだったら、返事の手紙を用意しておいて、会話の流れで渡すか決めるの。できる男は相手を喜ばせる準備を欠かさないのよ」

「なるほど」

「男の子は女の子を完全に勘違いしてると思うわ」美咲さんは続けた。

「女の子が感じる男の優しさは、男同士の内面から溢れる友情とかとは違うわ。どれだけ気を遣えるかが重要なのよ。つまり紳士さね。例えば、髪型や服装の変化にすぐ気付いたり、高い所の物を取ってあげたり、重い物を持ってあげたり、ドアを押さえてあげたり、ここ段差があるから気を付けてだったり、車道側を歩かせないことだったりなのよ。男の人が感じる少しの恥じらいや、躊躇いや、面倒くささが含まれたそういう言動に、女の子は大事にされているって感じるのよ」

美咲さんの口からスラスラ出てきた。

「なるほど」

「あとはちょっとの勇気よ。勇気の先に思いやりがあるの。そして思いやりの先には、与えた人にしか見られないプレゼントが待っているのよ。なんだか分かる？」

「何ですか？」

「笑顔よ。なんちゃって（笑）。だから頑張って！」

バイトを終えスケの家に戻ると、スケは胡座《あぐら》をかいて腕組みをしながら、三タイプの便箋を睨め付けていた。こんなにまじめで凛々しいスケの顔は初めて見た。

「祐一、どれがいいと思う？」

一つは、女の子が喜びそうなキャラクター、そしてもう一つは、清潔感のある小花柄、最後は、貰った便箋と同じ白一色。

僕はモヤモヤした気持ちから中途半端な小花柄を指差した。

「俺もそうかと思ったんだよ。祐一はさすがだな。返事の内容は考えてくれた？」

無邪気な顔でそう言った。

「それは自分で考えろ。これはお前のためを思って言っている」

簡単に突き放してやった。そのまま矢継ぎ早に、

「男の子は女の子を完全に勘違いしてると思うわ。女の子が感じる男の優しさは、男同士の内面から溢れる友情とかとは違うわ。どれだけ気を遣えるかが重要なのよ。つまり紳士さね」

勢いのあまり、丸々コピペしてしまった。それを聞いたスケは驚きのあまり口を開いた状態で目が点になっていた。ブサイクな埴輪のようだ。

「祐一どうした？」

「いいか、言い方なんか重要じゃない。内容つまり本質が大事なんだ。つまんないことで驚くな」

自分でも何が何だか分からないままそう言った。誤魔化し切れたか不安だが、きっと大

丈夫。スケはすぐ忘れる。

スケの部屋からシェアハウスへの帰り道、僕はスケの返事が気になった。「自分で考えろ」と言い放っておきながら、何て書いたのか訊くにも訊き難い。内容が気になる気持ちとそもそもどんな人がスケに手紙を書いたのか気になる気持ちで、きっとスケと同じ、いや、スケ以上に僕はドキドキしているかもしれない。

一限が九時から始まるのは知っている。十分前には学生が教室に入るだろう。手紙を書くくらいだ、他の学生が大勢いる所で話がしたいとは思わないだろう。さらに手紙の内容から、律儀で誠実そうな印象を受けるので、おそらくその十分前には現れるだろう。いや、呼び出す側が遅れるわけにはいかないから、念には念をで、もう十分早いかもしれない。そうなると、八時三十分。

一方スケは「一限の始まる前」というニュアンスから十分前くらいを想定するだろう。さらに、張り切ってそれより十分早く着いちゃうというオチだろう。その張り切りタイムを加味すると八時四十分。つまり、僕に許された時間は八時三十分から四十分の十分間だけだ。

翌朝、期待と不安と少しの嫉妬が僕を大学に向かわせた。

校門を潜ったのは八時二十分。大学は初めてだったが、無関係な人間が易々と校内に侵入できることに驚いた。そして十二号館の斜向かいにある小さな部屋に入った。その部屋の戸は木製のスライド式で、上半身部分にガラスが付いている。木製部分に身をくっつけ、ガラス越しに十二号館前を窺いながら鳴りを潜めていると、背の低い色白の楚々とした女の子が現れた。八時三十分。予想的中。言い表すことができない感情が首元までやってくる。二つ程その場で軽く足音を立てて引き戸を開けた。そのままその子に近づき、

「スケのこと好きなの」

どんな言葉を掛けていいか分からず単刀直入に訊いてしまった。

「いきなりなんですか」

その子は驚いた表情で答えた。

「手紙、全部知ってるんだ。俺、スケの友人だからくっつけてやろうか」

その子の大きな目から、透明な粒が頬をめがけて走っていく。声だけは漏らすまいと

必死で手を抑えながら彼女は去っていった。

頭がくらくらした。自分が起こした行動、それに伴って起こった一連の出来事が理解できなかった。いつかの夢でみたような、誤って人を殺めてしまったときの感覚に近い。

けれども僕は茫然自失《ぼうぜんじしつ》になっている間はなかった。なんとかしてこの場から離れなくてはならない。もうすぐスケがここにやって来る。校舎内で見つかることだけは避けたい。鉢合わせしないよう迂路を取る。もしまだスケが部屋にいるのなら、どうにかしてスケを学校に行かすのを阻止できる。スケの部屋に向かった。部屋には香水の匂いが充満し、見慣れないヘアワックスがテーブルの上に置いてあった。

＊

僕は今日、抗議しなければならない。先月の給与明細が、自分が計算した数字と齟齬《そご》をきたしていたのだ。三十分休憩のところ、一時間休憩に書き換えてあるのが原因だ。そんなことができるのは店長しかいない。出勤してすぐ、オフィスにいる店長に言った。

「店長、先月の給与明細に休憩一時間って書いてあるんですけど・・・」

もっと詰めるべきところだが、声が震えた。僕は何も悪いことしていないのに。

「は？」

「これ・・・」

給与明細を見せた。数分の時がゆったりと流れ、

「そうか、次回からは三十分にしとくよ。でもな、アルバイトが社長に逆らうのはあり

えないから、社会ってそういうものだから」

持ち合わせの感情ではこれ以上論理的に反駁ができず「はい」とだけ言い、扉を閉めた。そして耳を澄ますと、中から「チッ」と舌打ちが聞こえた。

オフィスから戻るとレジ横の窓から、柔らかい陽光が美咲さんの髪を照らしていた。それはどこか神聖なものに見えて眩しかった。美咲さんは太陽さえも操れるのか、と思ったがそうではなかった。

「髪染めました？」とは言えたけど、綺麗ですねとは言えなかった。褒めるのにも勇気がいる。会話の流れで給料の件を伝える。

「店長ならやりかねないわね。その引かれた分は請求したの？」

「いや、次回からは三十分にするって言ったきりで」

「それひどい！　どうせいつもの『社会ってそういうものだから』って言ったんでしょー」

あまりにも似ていて笑ってしまった。美咲さんらしい慰め方だ。店長がその社会というやつを代表して僕に理不尽を与えなくてもいいじゃないか。理不尽をアルバイトに押し付けて威張っている彼が憎い。

このバイトの労働環境は店長の存在以外、何一つとして不満はない。所属する場所に最低一人は嫌な奴がいるということは付き物なのかもしれない。だが、そんな店長の嫌がらせのおかげで、僕と美咲さんの仲はさらに深まった気がした。人の悪口で深まる仲は、互いに分かり合える喜びとちょっぴりの切なさがある。

＊

朝と昼とのちょうど真ん中、自転車に追い抜かれてしまう程の速さで走る久留里《くるり》線で、僕はスケとの会話を思い返した。

「もうすっかり夏だね。ねぇ！　じいちゃん家に遊びに行こうよ。すげー田舎なんだ」

言葉が生き生きしていた。

「へー、田舎かあ。行ったことないな。スケはよく行くの？」

「もう何年も帰ってない。小二まで住んでたんだけどね。親の都合で引っ越すことになっちゃって」

今度は寂しそうにスケは言った。

「行くか、田舎」

遠出することがあまりない僕は、良い経験になるだろうと思った。

「よし、決まりだね」

これからどんな場所に連れて行かれるのだろう。車窓に広がる緑を眺め、組んず解れつの好奇心と不安感を深呼吸でなだめた。隣に座るスケは「懐かしい」としか言わない。僕はお泊まり道具が詰まった鞄をぎゅっと抱きかかえた。終点の上総亀山駅に到着すると、「降りるよ」スケが楽しそうに言った。これから見る景色を二人で見られることに喜びを感じているようだった。

「これから少し歩くからね。あっ、そうそう、ここ駅員がいないんだよ。当時は当たり前だと思っていたけど。あとね、今乗ってきた久留里線、地元の人はパー線って言うんだ。くるくるパーってことらしい」

「原型ないやん。しかしずいぶんと田舎だな」

「田舎の夏休みは何しても許される感じがあってほんと好き」

空には爆発的な入道雲が広がっていた。ひこうき雲も簡単にできそうだ。すでに汗でシャツが濡れ、背中にピタっとくっつく。でこぼこ道をスケと二人で歩き続けた。

スケは、プールの下に秘密基地を作ったこと、田んぼで兄とキャッチボールをしたこと、祖父と駄菓子屋に行ったことを、長い道のりを忘れさせるかのように話した。

「駄菓子屋で買ったアイスをじいちゃんと食べるんだけどね。じいちゃん、当たり付きのアイスは普通のアイスより急いで食べるんだよ。可愛くない？」

スケの話に負けないぐらい景色も表現をしている。路傍には、黄土色のカピカピになった塊が地球の肥料になろうとしている。もう臭いはしない。錆びたガードレール、木肌は爛れ、ぺちゃんこになったミミズは干からび、白い小さな蝶が花の上で泳いでいる
「田舎」というタイトルをつけてコンクールか何かに応募したいくらい田舎だ。

スケの祖父の家は、風情がある鄙びた入母屋造りだ。上がり框がやけに高い。入って左側には畳の部屋が広がっている。部屋の角には厳かな仏壇があり、キリンになったバナナが供えられている。長押には、額に収まった白黒の遺影や軍服を着た青年の写真があった。

スケが「おーい」と言って襖を開ける。立ち込めた煙の中に真剣な顔でテレビを観ている老人がいた。テレビからは笑い声が聞こえてくる。漫才番組のようだ。老人は、ス

ケが玄関から入ってきたことに気付かなったのか、目を見開いて嬉しそうに驚いた。出額に深いしわをつくり、

「おー、よう来たな」

スケに似通った優しい雰囲気が空気を伝って浸透する。

「友達連れてきた。今日泊まっていくね」

「初めまして、祐一です。宜しくお願いします」

スケの祖父は「そうか、そうか」と破顔一笑《はがんいっしょう》した。まるで鹿威《ししおど》しがタイミングを見計らったかのように「カン」綺麗な音を放った。

スケは一切祖母のことを口にしなかった。靴の数、歯ブラシの数、漂う生活感と釣り合わない部屋の数からして、スケの祖父はここに一人で住んでいることがわかった。

スケの祖父に挨拶を済ました後、スケが小二まで過ごした学校を訪れた。フェンス越しに中を覗くと、廊下側に貼ってある虫歯の恐ろしさを訴えるポスターが見える。教室内の小さな机や椅子は数が少なく、縦と横綺麗に並べられている。後ろの壁には色画用紙に生徒一人一人の写真と目標のようなものが書かれている。物哀しい懐かしさが鼻を

「ツン」と刺激した。

自分の通っていた学校でなくとも、それに近いものに触れれば、当時の感覚や思い出は蘇る。それほど脳は繊細でいて鈍感だ。小学生の頃、喧嘩ばかりしてよく母親が放課後の学校に呼び出された。僕は、母親と先生の話が終わるまで外で待たされる。花壇の囲い部分に乗って教室を覗くと、母親が何度も頭を下げて平謝りをしている。その光景を見て、もう喧嘩はやめようと何度も自分に誓った。

話を終えた母親は「今から謝りに行くよ」とだけ言い、菓子折りを持って相手先の家に行く。毎朝「今日は良くしよう」一人で呟いた後、学校に行くが良くならない。もしスケと同じ小学校だったら、果たして友達になっていただろうか。

「祐一、これ懐かしくない？」

スケはいつの間にか敷地内に入っていた。ベランダに敷かれた簀子《すのこ》の間から何かを見つけたらしい。外側が銀色に覆われたそれは、太陽に反射してここからだと良く見えないが「懐かしい」という言葉、形状、スケの表情から、転がして戦うバトル鉛筆だとわかるのは容易かった。戦闘用の鉛筆として役割を全うするべく、少しも削られていない。

スケはバトル鉛筆をする友達が多かったに違いなかった。友達の作り方が自然とわかるまでの苦労をスケはきっと知る由もない。

主人公気取りの夕日が、本日最後の力を振り絞りながら沈んでいく。辺りはもうシルエットだらけになる。もともと黒かったカラスもシルエットになれば、何の鳥かもわからない。

「そろそろ戻ろうか」スケが言った。

家に戻ると、卓上には料理が並べられていた。白米から湯気が踊り、カレイの煮付けにはXが刻まれている、筑前煮は具材が仲良く調和し、茗荷がのった冷奴は見た目だけでひんやりしているのが伝わる。年端《としは》の行かない子どもにはわからない美味しさがどれも詰まっている。

「戻ったよー」

スケが声を張り上げると、「おおお、戻ったか」と玄関から入ってきたことにまた気付かなかったらしい。スケの祖父はお勝手から満面の笑みでやって来た。

「じいちゃんの料理は最高なんだ」

二人の笑った顔がそっくりで僕も笑った。スケはまるで漫画のように白米を頬張り、見る見るうちにそれらを平らげた。アパートで一緒に夕飯を食べる時も必ずスケが先に食べ終わるのをふと思い出した。

風呂を上がると、客間には味のあるせんべい布団が敷かれていた。修学旅行の夜みたいだった。僕には枕投げをする友達も、好きな女子の名前を言い合う友達もいなかったけれど、授業を受けるよりは楽しかったはずだ。

「祐一、まだ起きてる？」

「寝てる」

「起きてんじゃん」

「何だよ」

「そういえば祐一って名字何？　すごい今更なんだけどさ」

「言ってなかったけ？」

「たぶん聞いたことない！」

「そっか」

「うん」

「・・・」

「えっ、教えてくれないの？（笑）」

「別に普通の名前だよ。ってかなんで今になって？（笑）」

「祐一がじいちゃんに挨拶した時、そういえば名字何だったけって思ってさ」

「あー、井上だよ」

「え！」

小学生の頃、いじめっ子とその手下達が
手下Ａ「井上は何で『の』が無いの？」

手下Ｂ「確かに、それじゃあ井上《いうえ》じゃん」

手下Ｃ「井上《いうえ》君」

いじめっ子「いや、井上《いじょう》だよ」

手下Ｂ「ウケる」

いじめっ子「井上《いじょう》は異常！」

と言って、小突いてきたのを思い出した。

「まだまだ祐一の知らないところあるんだなー（笑）」

（お前は俺のこと何も知らねぇよ）

よく他人から、誰々ってこういう一面あるよねって自分では気付けないでいた一面に気付かされるなんてことがあるみたいだが、スケだけが知る自分の一面など存在しない。僕はスケに、見せたい自分だけを見せている。そこに寸分の狂いもない。


翌朝、スケの祖父が僕達を軽トラックの荷台に乗せて駅まで送ってくれた。僕とスケは荷台の上に立ち、風を目一杯感じた。すれ違う車からは一見、屋根から二つの顔が飛び出しているように見えたかもしれない。だとしたら完全にホラーだ。トンネルでは「あーーーー」だの「ほーーーー」だの二人で奇声を発した。駅に着くと、スケの祖父が「これで飲み物でも買いな」と千円ずつくれた。飲み物は千円もしない。優しさが滲み出ていた。少し寂しそうな顔で「また来なよ」と言ったスケの祖父を忘れない。

*

シフトから美咲さんの名前が消えた。

店長によると、美咲さんはストーカー化した客に尾行、盗撮、家の住所まで特定されたという。ＬＩＮＥをしても既読すらつかず、しばらくは連絡が取れそうにない。ストーカーをした客は一体誰なのだろうか。美咲さんは、この店の看板娘みたいな役割を担っていたから、美咲さん目当てで来る客も多かった。

今まで気にしたことがなかった雑音をやけに拾う。結局誰がストーカー犯なのかわかっていない。美咲さんが働き始めてからの二年間、これまで常連がストーカー化したことはないらしい。そうなると比較的新しい客の可能性が高いだろう。売上の九割が常連で回っているこの湿気たレンタルショップにわざわざ来た新規の客なんて限られてくる。

　オフィスで休憩していると、長机の下にある段ボールと壁との隙間に、本が挟まっているのを見つけた。段ボールを退かせば良いものを、横着してその場に屈み、目一杯右手を伸ばした。右肩がすっぽりはまり、中指の先で少しずつ本を手繰り寄せた。今、店長がドアを開けて入ってきたら、びっくりするだろう。なんとも滑稽な体勢である。

　本を手元に寄せた時、すぐにそれが日記だということがわかった。美咲さんのものだ。最後に書かれているページがバイトを辞める前日であることから、日記を休まず書いていたことと、これを今も探しているかもしれないことが窺える。見てはいけないものとはわかってはいるが、もちろん見てしまう。

四月三日

玄関ポーチに桜のひとひらを見つけた。一陣の風に吹かれて、私に何かを伝えに来たように感じた。

ドラマの観過ぎか（笑）。

四月九日

バイト先に二個下の新人が入ってきた。祐一君。中肉中背で小麦色の肌、目が二重で可愛らしい！　バイト先でのはじめての後輩だから弟のように思えてなんだか嬉しい。映画や音楽の話で盛り上がった。趣味が一緒っていいね。バイトに行く楽しみが増えた！

四月二十七日

今日ゆきに臭いって言われた。何でも言い合える仲だから別にいいけどやっぱり傷つく(泣)。

ずっと前から気になっていたけど、自分の匂いは自分ではわからない。インターネットで調べて、項目にチェックを付けていったら八十パーセント腋臭症ってでてきた・・・。

時期的にあったかくなってくると脇に汗かいちゃうんだよなー。トイレに行ったとき、汗拭きシートですぐ拭き取れるようにノースリーブにしようかな。脇に汗染みできないし、通気性MAXだし（笑）。カーディガンも一緒に買お！　可愛いやつ！

五月二日

祐一君と映画を観に行った！　祐一君の「なるほど」と「そうなんですね」の違いが最近わかった！　「なるほど」は、話をしっかり理解して言っている。けど、「そうなんですね」は受け流して相槌しているだけで、話自体あんまり聞いてない！

帰り道、女子の生態についての話になった。彼の前では心が許せたから、女子トイレや毛の処理のこととか話した。そしたら祐一君「そうなんですね」って言うから、流れで誰にも言えないずっと気にしていたこと「私臭い？」って訊いた。そしたら、ぼそっと「そうですね」って。泣きそうなくらい訊いたことを後悔したし、一瞬、祐一君を嫌いになった。あー本当にショック！　忘れて欲しい！　でもようやく手術する決心がついた！

五月十四日

今日は病院に行った！　問診票に記載しているだけでもう帰りたくなったけど、診察で事細かに説明を受けたら胸のつかえが下りた。汗にはエクリン腺とアポクリン腺の二種類があってという腋臭症のメカニズムから、わきの下のしわに沿って皮膚を約四センチ切開するといった治療法、そして治療後傷跡が残るのかどうかまで、色々訊けてよかった。
担当してくれた山中先生イケメンだった！

五月二十六日

手術してきた！　手術中は、麻酔のおかげで記憶はない。目が覚めれば傷跡だけが残っている。あとは左脇だけだ。三週間後、もう一度病院に行って、左脇を施術する。

今日はやたら歩きタバコをしている人とすれ違った。すれ違うときは毎回息を止める。吸っている人は、私が数秒間息を止めていることなんて気付かないんだろうなあ。

あと許せないのはポイ捨て！　彼らに私は言いたい「見られないからいいや」を人は見ていると。地球はみんなで住んで、暮らしている大きなシェアハウスみたいなものなんだから、住まわせてもらっている以上、ポイ捨てはダメでしょ！　家の中で吸い殻を投げ捨てているのと同じことだよ。もっと余裕のある優しい世界になって！

六月五日

信号機が点滅すると、急がなきゃって思って、小走りになるけど、半分のところまで行くと歩いてしまう現象と、カメラを構えて撮影している人を見ると、カメラが向けられている先を、つい気になって見てしまう現象に名前を付けたい！

六月十一日

今日から梅雨入りかあ。
梅雨を楽しめないなんてまだまだ子どもだねって誰かに言われたことがある。あじさいとかたつむりは喜んでいるだろうけどさ、私の髪はうねる、うねる。交通機関は混むし、靴下まで濡れるし。梅雨を二十一回経験したけど、情緒はまだ感じられない。まだまだ伸び代アリね（笑）。家の中で聞く雨の音は好き。

六月二十三日

にきびができた。お菓子、揚げ物、甘いものを食べるとまず顔に出る。最短二日でお届けされる（笑）。にきびができると、一つ一つに、これは一昨日のチョコレート、これはお弁当に入っていたからあげ、これはゆきとカフェで食べたケーキ！　っていう感じで、にきびの正体がわかる。

七月十六日

無事に完治したのは嬉しいけど、自分の匂いは自分にはやっぱりわからない。誰かに嗅いでと脇を嗅いでもらうこともないから、施術前と特に生活に変化はない。だけど気持ちはだいぶ楽になって、自信を持てた気がする。誰しもが誰にも言えない秘密があって、忘れて欲しいことや忘れてしまいたいことを、きっと抱えながら人は生きていかなければいけないんだ。なんか小説っぽい？（笑）　私才能あるかも！　誰かに優しくしたい気分！

七月二十二日

風邪引いた。夏風邪だ。私としたことが完全に油断した！寝ようと思っても寝れないときが一番時間を無駄にしてる感じがする。あと、テストで早く解き終えちゃったときも（笑）。健康であることに感謝することが、健康でいられるための秘訣なのかも。なんか上手いこと言えたからいいや！　夏風邪も許す！

七月二十八日

ゆきとカフェでめっちゃ語った。恋愛のこと、大学のこと、バイトのこと、家族のこと、推しのこと。いちいち書ききれないわ(笑)。最近充実してる！
明日は美容院で髪染める！　予約する時間いつも迷う。十二時前にしたら、美容師さんがお腹空いて集中できないかもしれないし、だからと言って早い時間だと、まだ寝ぼけてるかもしれないし、お昼過ぎだとお腹いっぱいで眠くなっちゃうかもしれないし！　美容師さんのコンディションまで考える人いないよってゆきに笑われた（笑）。結局三時にした！

八月二日

店長ひどいな〜。性善説を唱えた孟子もびっくりだわ！（笑）
店長という立場を使って偉そうなこと言うのは百歩譲ってわかる（そもそもどの立場から百歩譲ってるんだろ私。ってか百歩も譲ったら崖から落っこちちゃう）。でもアルバイトの給料を改ざんするのはさすがの私でも解せぬ！

八月八日

ストーカー？　まさかね。でもバイト帰り、誰かが後ろから付いてくる気配を感じる。
怖い。

八月二十六日

もうつらいよ・・・。

弱音を吐くのはおしまい！

今を楽しまないと、将来の自分も過去の自分もきっと泣いちゃう！

強く生きよ！

＊

秋の前触れ、透き通った風が連れてくる寒さは寂寥《せきりょう》を感じさせる。季節の都合によって気持ちが支配されるなんて遣る方無い。

美咲さんがバイトを辞めてから数週間後、僕も後を追うようにバイトを辞めた。

（あんな店潰れてしまえ）

本気で願った。

次のバイト先を見つけるまでは、どうにかして暮らしていけると思っていた。貯金は減っていくのに、ストレスは溜まっていく。ついにクレジットカードの支払いを分割にしても、家賃の支払いが間に合わないところまできた。

果たして管理会社から退去勧告が出た。

スケの家に行く度、机の引き出し奥にしまってある金を少しずつくすねていたが、残りの幾許かの金では二進も三進も行かなかった。ここまでくるとさすがに減っていることがバレそうだ。もういっそのこと全部頂戴することとしよう。万が一追及されたときには、そもそもしまってなかったんじゃないか？　といった感じで、スケの記憶自体が間違っている、それを俺のせいにするなんてお前はどうかしているぞと半ば逆ギレしよう。

千円札数枚を握りしめ、新宿のネットカフェに引っ越した。

引っ越しは、もうここには戻れない寂しさと、次の環境に飛び込む勇気と、新しい出会いへの期待と、上手くやっていけるのかの不安で、心を忙しくさせる。けれども、いつかここも思い出の地となって「懐かしい、懐かしい」と言い、あのときより成長したなと思いながら、ぐるりを歩く自分を想像して、気持ちを楽にもできる。引っ越しとはそういうものだ。思い出の地が増えるほど誰よりも生きた感覚を味わえる。はずだが、ここはネカフェ。

個室にはＰＣ一台と、マットが敷かれているだけ。

（縦が二百センチ、横が百二十センチくらい）

猫の額ほどしかないその部屋が、僕の新居となった。こんな所にいつまでも居てたまるか。なぜこんな惨めな生活をしなければならないんだ。クソ、腹が減った。

ドリンクバーのコーンスープ一杯で、どうにか腹を満たそうとしたが余計に腹が減った。畜生が。もうスープはいらない。コーンを落とさないように、スープだけを捨てる作業を何度もやって、ようやくマグカップにコーンをいっぱいにできた。スプーンでせき止められなかったコーン達が、誰かの吐瀉物に見えて吐き気がした。

気付かないふりを続けていたが、ずっと視線を感じている。もう部屋に戻りたい。さすがに後ろ向きでは歩けない。仕方なく振り向くと、毛先を遊ばせた大学生が冷ややかな目で見ていた。

（ゴミを見るような目で俺を見やがって！）

眉をひそめ、本当に軽く舌打ちをして、ものを乱暴に扱う人が醸し出すあの嫌な雰囲気を出しながら、その場を離れた。まだその冷ややかな目で僕の背中を追っているかもしれない。直接部屋へは戻らず、わざわざ漫画コーナに立ち寄った。不思議そうな目で見ているならまだ可愛気があるが、あいつは許さない。

風水などはもはやどうでもいいが、一刻も早くここから出所するためには、運も味方にしなければならない。今すぐできることといったら、北向きに頭をやって寝ないことくらいだ。北枕は縁起が悪いとどこかで聞いたことがある。こんな狭い部屋で、足を伸ばして寝られるのは一方向しか無いが、調べないわけにはいかない。アプリを使って方角を調べた。よかった。西向きだ。危うく丸まって寝ないといけないところだった。

うつ伏せになって伸びをする。日中が充実していないと夜はなかなか寝付けない。肘をつき、壁を見つめている僕は、西向く侍だ。

ＰＣの明かりが鬱陶しく、スリープモードにしようと試みたが、なかなかできない。十分経っても一向にスリープモードの仕方がわからない。俺の十分という貴重な寿命を奪いやがって！　畜生！　ＰＣなんかにこれ以上俺の寿命が削られてなるものか。しかしここであきらめると本当に無駄にした十分になってしまう。ここからやり方を見つければ、まだ意味のあった十分にできる。だが二十分も三十分もスリープモードの仕方がわからなかったらどうだ？　発狂しそうだ。あー辞めだ、辞めだ。人は追い詰められるとどんどん心が荒んでいく。とにかくこの状況を打破するには金だ。金と心はつながっている。金さえあればもう少し気持ちに余裕が持てる。畜生。いつの間にか「畜生」が口癖になってしまった。畜生が！

有名になって熱烈なファンがいれば、こんな屈辱を味わなくて済むのに。ファンがいれば極端な話、ご飯をいただくことも住む場所を提供してもらうことさえもできる。何よりファンが喜ぶ。有名になるためにも早くここを出なくては！　こんな所にいつまでも居たら、有名になったときに生い立ちを調べられ『下積み時代!?　あの人はネカフェ難民だったのか!?』と題して、週刊誌やネット記事に黒歴史として書かれてしまう。

正直なところ、金銭的にもあと何日もここに住めない。出ていく前に追い出される。それだけは避けなくては。住居が脅かされるようではまずい。まずはマズローの言う、下から二つ目の安全欲求を満たす。まずまずの言葉遊びだ。

二、三日した後、スケの家に身を寄せた。何回もスケの家に泊まっていたのだから、もっと早く居候するべきだったと後悔した。

*

お笑いの頂点を決める漫才大会、優勝者には金一封、三万円。参加者大募集！　と書かれたチラシを持って「なあ祐一、一緒にコンビ組んで漫才やろう」スケが言ってきた。全く状況が掴めないが、おそらくそのチラシから察するに、大学の文化祭かなにかで行われる漫才大会に参加しようということだろう。馬鹿馬鹿しい。

「嫌だね」

突《つっ》慳貪《けんどん》に返事をしたがスケは食い下がった。

「お願い！　祐一と漫才やりたいんだ！　そこでＹｏｕＴｕｂｅの宣伝もすればすごい人気になれると思うし、町田先輩が運営委員だし」

「その大会の観客は何人だ？　仮に観客が百人来て、チャンネル登録してくれるのが三分の一だとすると約三十三人、そんなんじゃ焼け石に水だ。町田が運営するから何だ。八百長でもしてくれるのか？」

「そんなことはないけど、でも町田さんが毎年千人は観客が来るって」

何？　千人だと？　確かにスケの通っている大学は、お馬鹿大学で有名なマンモス校だ。大学の知識がない僕でも知っているくらいに。これはチャンスかも知れない。画面越しより、実際に会ったことのある人の方が長く応援してくれる。おまけに客層は、大学生、ＯＢ、大学周辺に住む地域の人、その大学に興味を持つ高校生、幅広い世代にリーチできる。これはチャンスかもしれない。自分がその大学に通っているわけではないから、なお良い。

「それなら話は別だ。やろう」

「よっしゃ、さっそくネタ会議しよう。一つ案があるんだ！　関西弁で漫才やるっていうのはどう？」

スケは言った。

「笑い言うたら関西弁やで、関西弁使うてるだけでもうおもろいねん」

スケが急にアホになった。面白くなってやはり僕もそれに乗っかってしまう。

「その考えめっちゃアホやん。関西人は気付くで、関東人が関西弁使ってるんゆうんが」

「せやけど、ここは関東やさかい。関西人は割合的にごっつ少ないで。関東人が下手くそな関西弁を関東人に使う。これがまたええねん」

関西弁を使うスケは、頭の回転が速くなっていた。「いいね」僕は笑って言った。

「そこは、めっちゃええやん。やろ？」

スケが言い返した。

「自分完全に調子に乗ってますやん」

僕は久しぶりに腹を抱えて笑った。

「このまま使おう！」

僕は思いついた。

「今の会話をこのままネタに使うんだ。この続きも俺が台本書く」

この僕の言葉にスケはやっぱり感心していた。文化祭までの二週間、ネタ合わせをやる日々が続いた。

利用できるものは何でも利用する。

「スケ、町田さんに会わせてくれよ。三人でランチでもしよう」

運営委員である町田に、事前に挨拶をしておくことで少しでも心証を良くする。

「いいね！　訊いてみるよ！」

兎の登り坂でランチの日取りが決まった。

ハチ公前でスケと待っている。ハチ公はランドマークになるが、なぜあえて人でごった返したここを待ち合わせ場所にチョイスした？

スケのスマホに町田から「ハチ公前着いた。どこにいる？」とＬＩＮＥが来た。

結局は通話で、「何色の服着てる？」だの「ちょっと手挙げてみて」だの「近くに何が見える？」だの戯言が展開され、案の定、合流できるまでに五分以上を費やした。

「お待たせ！　祐一君？　ＹｏｕＴｕｂｅ観てるよー。スケからよく祐一君のこと聞いてる。よろしくね！」

「あっ、ＹｏｕＴｕｂｅ観てくれてるんですね、ありがとうございます。こちらこそよろしくお願いします」

スケの奴、ＹｏｕＴｕｂｅのこと言っていたのか。こちらは初めましてなのに、向こうは自分のことを知っている。不思議な感覚だ。

「二人を会わせたいと思ってたから嬉しいっす。町田先輩お昼どこ行きます？」

「すぐそこの地下にある中華料理屋に行こう」

「いいっすね」

二人のすぐ後ろに付き、店内へ入った。

「何名様？」

「三人です」

「今テーブルを片付けるからー、そこで待っててください」

入り口付近で待っていると、一人の女性が階段から降りてきた。右手に持っているスマホのライトが点灯している。おそらく誤って点けてしまったのだろう。僕しか気付いていないようだ。背嚢《はいのう》のファスナーが開いてれば「開いてますよ」と辛うじて言えるが、スマホのライトに関しては指摘しづらい。見て見ぬ振りをし、スケと町田の方を見た。スケがライトに気付き、すぐさま「お姉さん、ライト点いてますよ～」と優しく声を掛けた。女性は慌ててライトを消した。一瞬だった。

店内の赤い提灯から発せられる光は薄暗く、壁には漢字だらけの掛け軸に、吉祥結びの根付け、奥には回転式の大きな丸テーブルが見える。わかりやすく中華料理屋だ。

食べ終えた皿を一気呵成《いっきかせい》に片付けるおばちゃん、厨房に語気を荒げて何かを発し、落差のある笑顔で僕らをテーブルへ案内した。椅子から前に座っていた人のものであろう、体温の残りを感じた。それぞれ食べたいものを注文した後、スケがトイレに立った。町田と二人にされ、特に喉が乾いているわけでもないが、手持無沙汰で水を少し飲む。何か良い印象を残さなくては、わざわざ漫才大会の前に町田と会った意味がない。

「町田さんは、何で文化祭の運営委員をやられてるんですか？」

「就活に有利だと思ったからだよ。それだけ(笑)。あっ、でも漫才大会を提案したのは俺だからね。運営委員が、毎年何を催すか一人一つずつ提案を持ち寄って決めるんだけどね。全然アイディアが思い浮かばなくて、スケに何か面白いものないか訊いたらさ、漫才やりたいって言うから、提案してみたのよ。そしたら通っちゃってさ(笑)。余計に就活のとき言えるよ」

「そうだったんですね」頬を上げようと意識する程、顔が歪んでしまう。

「ＹｏｕＴｕｂｅの宣伝したらいいよ！　大勢観に来るからさ！　俺好きなんだよスケと祐一君のＹｏｕＴｕｂｅ。世界では色んなことが起きてるんだね(笑)。あれ全部祐一君が編集してるの？」

「はい。まだまだ不慣れですけど、そう言っていただけて嬉しいです」

「どうした？　なんか硬いぜ～」

こういうときに限ってスケがなかなか戻ってこない。

「そうですか？　初対面だと人見知りしちゃうんですよね」

「でも有名になりたいんだろ？　それじゃ駄目だぜ。祐一君は才能あるんだからもっと堂々としないと！　あと聞いたよ！、漫才は関西弁でやるんだって？　面白いなー」

スケがこんなにも軽口であるとは、スケとの共通の知り合いができるまで気付けなかった。

＊

「そういえば、コンビ名決めてなかったね。何にする？」

スケはエントリー用紙を持って訊いてきた。

「シンプルかつ、インパクトのある名前がいいな。あと、俺らは有名になるために漫才をやるんだから、『有名になる』的なメッセージ性を入れたい」

「うわー、何だろうなあ。インパクトあるもの・・・。広告とか見たとき、一番目に飛び込んでくるのって『無料！』じゃない？」

「なるほどな。でもコンビ名『無料』って意味わかんねえよ」

「それじゃあさ、『無名』は？」

「だったら『有名』だろ」

「フェイマス」

「すごくいい。だが、パッと文字を見たときに『有名』とリンクさせるのが難しいな。一瞬、考える間を与えることになる」

「確かに。やっぱすごいな祐一！　ほな、『有名』で決まりやわ」

スケの歯は白かった。


文化祭前日、勉強のためと思い、なけなしの金を入場料五百円のお笑いライブにつぎ込んだ。

売れている芸人はテレビで漫才をやるから、わざわざ金を払ってまで観に行く必要はない。どうせ漫才を観るなら、素人に毛が生えたくらいのあまり売れていない芸人を観て、どうしてこいつらは売れないのか、そこを分析してやろうと思った。

しかし、明確な違いがわからなかった。全員が面白かったかと言われればそうではなかったが、どの芸人にも確かに凄みがあった。彼らは人を笑わせるということを追求し続けてきた人達だ。こうやって人を笑わすのかという発見の連続で、一切笑えなかった。

隣で笑っている観客を煩わしいとさえ思った。こんなにも輝いている芸人がテレビに出られないという現実と、人を笑わすことに全神経を注いでいる姿を目の当たりにして、僕は終演後しばらく席を離れることができなかった。僕はこれだけの人を笑わすことができるだろうか。笑わすのではなく笑われてしまうのではないか。笑われるならまだ増しだ。そもそも有名になりたいだけで、誰かを笑わせたいわけではない。

今日出演した芸人の中には、芸歴二十年以上の奴らが何人もいた。彼らはいつ日の目を見られるかもわからずに、今もなお暗闇を走り続ける。どれだけ孤独だろうか。夢に折り合いを付けられないというのもまた不憫だ。彼らにだって「もうやめよう」と思った日が幾度となく来たことだろう。それでも彼らが舞台に立ち続けることを止めないのは、世間に訴えたい何かがあるからだ。

僕は思った。ＹｏｕＴｕｂｅ活動をしたり、漫才大会に出ようと決めたり、有名になるためには何でもやってきた。それでもなぜ、何一つ芽が出ないのか。薄々気付いていた。有名になるうえで、僕に足りない致命的な欠陥は、世間に対して伝えたい思いが何もないということだ。有名になるのは結果であって、目的ではない。活躍しているインフルエンサーは、「好きなことを広めたい」「自分と同じコンプレックスを抱いている人を救いたい」など、何らかの熱い思いから活動を始めている。そのストーリーに人は共感し、感動する。表現したいと思う中核となる部分、いわば大義名分が必要なのだ。

伝えたいことは、誰にも強制されていないものだからこそ、見出すのが難しい。僕は一体何がしたいのだ。

当日、スケにも運営スタッフの町田にも無断で、漫才大会をすっぽかした。今ごろスケはどうしているだろうか。一人でステージに立っているのだろうか。それとも「有名」自体が不参加になったのだろうか。どちらにせよスケには悪いと思った。

＊

——スケが死んだ。

今朝、町田からの電話が僕の頭を漂白させた。文化祭の打ち上げの帰り道、スケが歩いていると、バイクでツーリングしている二人組の友人が声を掛け、そのうちの一人がスケを後ろに乗せたという。どちらが早くスケの家に着けるか競い合ったらしい。スケが乗っていた方のバイクが、カーブ進入時にスピードを加速させたあまり、曲がりきることができずガードレールに衝突。スケは腹部を強打し、折れた肋骨が肺に刺さり死亡。スケの友人は頭部を強打し、重体。現在も意識が戻らないという。こんなにも呆気なく命はさらわれる。あまりに急な訃報のせいか、塩っ辛い味はしなかった。

本来生きられたはずの月日を人はどう清算するのだろう。一人の人間がこの世を去ることにより、殺されずに済んだ命が生かされ、生まれてくるはずであった命が途絶える。これまでの殺生、善行と悪行、徳と業、計らい、巡り合わせ、その掛け違いはどこで誰が帳尻を合わせるのか。死後の世界では審判が執り行われ、今後の境界でも決められるのだろうか。

そんなことを考えていたら、悲しくもならなかった。天からスケを利用するだけ利用し、目的を果たしたら袂《たもと》を分かつ算段だったのだ。後腐れもなくこの別れ方で都合がいいではないか。

自分は今、何処に在って、何をしているのだろう。

(家にいる。スケの家だ)と認識する。

ふと自分から離れるときが間々ある。それでも僕は僕を一秒たりともやめることはできない。スケの親族がここへ来る前に立ち去らなくてはならない。焦燥感に駆られ、荷物をまとめていると、ＬＩＮＥが鳴った。町田から動画が送られてきた。文化祭の動画だった。動画を再生すると、運営委員の席から撮っているのか、最前列の人が数秒間映った。その群れの中に、既視感のある色白の女の子がいた。僕ははっとした。するとすぐにステージが映された。

〝イエス、ウイ、キャン、キャン、キャン、キャン、キャン、キャン、キャン、キャン、キャーーン、ウォ！　ウォ！〟

スケがセンターマイクに向かって勢いよく走ってきた。

快活に話し始めると、場内は静まり返った。

「俺には祐一っていう相方がいるんですよ。文化祭の漫才ポスターを見せて祐一にね、『なあ祐一、一緒にコンビ組んで漫才やろう』って誘ったら、初めは断られたんですよ。でもどうしても祐一と漫才したかったから、めげずにお願いしたんです。すると少し経って『やろう』って言ってくれたんですよ。それを聞いたら、俺もう嬉しくなっちゃってね。言うんですよ『関西弁で漫才やろう。笑い言うたら関西弁やで関西弁使うてるだけでもうおもろいねん』そしたら祐一の奴、『その考えめっちゃアホやん。関西人は気付くで、関東人が関西弁使ってるんゆうんが』って言うんです。それをね、俺が『せやけど、ここの学生はほとんど関東人や、関東人に対して関東人が関西弁使うのは許されんねん』ん？　今のは許されるって意味ね。許されないって言いたいときは許されへんねん？　かな？　難し！　けどもうおもろいやん！　とにかくね、こりゃあ、ごっつええアイディアやと思ったのですわい」

いつの間にか説明自体も関西弁っぽくなっていた。

「ほんだら祐一の奴、『いいね』って言いはるんですよ。そこは『めっちゃええやん。やろ？』って返すんですわ。ほんだら祐一の奴、今の俺達の会話をこのままネタにして使おう！　って。天才かて思いましたよ。祐一の奴いっぱいネタ考えてくれたんやけど、ぜんぶ忘れてもうたわ。ハハハハ。本当のことを言うとな、今日どうしても祐一と一緒に、ここで漫才したかってん。俺のじいちゃん漫才が大好きで、小さい頃一緒に漫才番組よう観とってな、正月に親戚が集まる新年会で、じいちゃんとコンビ組んで漫才を披露したこともあんねん。そんときやったネタのタイトルが『年齢交換』っていうてな、俺とじいちゃんの年齢を交換するってやつや。ハイタッチしてお互いに見つめ合って頷くと、年齢が交換できるっていう設定やねん。俺が腰を曲げて、たばこを吸うじいちゃんのものまねをしたんやけど、ややウケやったわ。そしたら隣にいるじいちゃんがいきなり飛び跳ねて、ヒトデみたいにな！　立派な大の字を作ったんや。着地と同時に『ぐあああ』って聞いたことない声がじいちゃんから聞こえて、じいちゃん顔真っ青になってん。ほんで救急車呼んで、正月早々みんなで病院に行ったねん。少し落ち着いてきたじいちゃんに『大丈夫？』って訊いたら、かすれた声で『ここまでがエンターテイメントや』って笑ってはったわ。小二の俺が苦笑いやで？　ハハハハ。じいちゃんが『将来漫才やるときは絶対観たいから、教えてくれ』って言ってたてん。

『漫才やる機会なんて、じいちゃんと以外に生きていてあるの？』って訊いたら、『いつか必ずある』って言うねん。

『どんなタイミングで漫才やることになるかわからないから、ネタを見つけておくんだよ』

『見つけておくってどこにあるの？』

『ネタの在り処は、お前の過ごしている環境にあるんだよ。それがどれ程、個人的で貴重で尊いものなのか知ることができたら、きっと見つかるよ』

『じいちゃんよくわかんないよ』

って当時は言ったけど、こういうことやったんやな。二週間前、じいちゃんの携帯に電話して『じいちゃん、漫才やる機会ができたで、観に来てや』って言ったんやけど、肺が悪くなって先月から入院になったらしいねん。先々月、祐一とじいちゃんに会ってんで？　声が相当弱っとったわ。今日来れへんのやったら。せめて動画だけでも見せるって、約束してしもうたわ。でも、また祐一とすぐにどこかで漫才するけん、じいちゃん楽しみにしてはってな。どうもありがとうございました」

深々と頭を下げると、割れんばかりの拍手が場内を響かせた。するとスケはおもむろに顔を上げて「この拍手、じいちゃんにも聞かせたいですわ」ニコッと笑って右の垂れ幕に捌けて行った。

スケ、死ぬには早すぎるだろ。ＹｏｕＴｕｂｅはどうした？　小説はどうした？　最前列で応援に来ていたあの子はどうする？　全部中途半端じゃないか。憎しみと悔しさと遣る瀬無さで涙が溢れた。

やがて、ぐわんぐわん泣いた。泣き叫ぶ僕の顔は醜いだろう。

スケ、お前のために泣いているんだぞ。

＊

膨大な時間の中で、僕は書いた。

憎しみを、不遇を、躊躇いを、心身性を、僕にしか書けない唯一無二のストーリーを。書いては消して、消しては書いて、疑ってはなだめ、また疑う。疑ってしまった文はまた消すしかない。正しさはないが、信じ続けなければならない。どう見せたいか、どう思われたいか、その思いに先導されてゆく言葉の数々。逃げたり、変異したり、乗っ取ったりするものだから、ひとえにそれらと対峙し続けなければならない。

そうやって言葉を紡ぐことで、何かを許される気持ちになった。僕の苦悩や葛藤はいつの日か浄化されるだろうか。スケのために書いているのではない。やっぱり自分のために書いている。

この気持を拭い去りたかった。僕はどこまでいっても善人にはなれない。だが悪人にもなりきれない。悔しくてたまらない。それでも、当時抱いていた「世間に対して伝えたいことなど何一つ無い」という葛藤は、徐々になくなっていった。それはここまでつらつらと書いてきた僕の正義そのものだったからだ。

あれから随分と年月を閲した。「今ならわかる」が多い人生だ。

「有名になる」ということよりも「有名になりたいと奮闘した日々」が、実はこんなにもかけがえのないものだったと、結果がすべてだと思っていたあの頃の自分に言ってやりたい。有名にならなくても、金と自由は手に入る。本当は、これまで馬鹿にしてきた奴らを見返したいだけだったんだ。自分には才能があると信じていたかっただけだったんだ。社会に自分の存在を認めて欲しかっただけだったんだ。

間もなくできあがる。来し方を振り返ったときに背中が燃えるような熱さに見舞われるかもしれない、何で作ってしまったのだろうと後悔に明け暮れるかもしれない、衝動的に切り裂いてしまいたくなるかもしれない。だが僕の執念は、今は亡き友に送る不格好な餞へと変わった。

人を変えてくれるのは出会いではないかと思う。

感謝の意を込めて「題名　有名　筆名　牧野響介」

スケへ

お前が亡くなって随分と困ったよ。

住むところはなくなるし、職はなかったし。

お前がこの本を読んだらどう思うんだろうな。

ずっと考えてたけど、お前馬鹿だからきっと

「さすが祐一！すげえよ！」って言うんだろうな。

友達一人亡くならないとわからないなんて

お前に負けないくらいとんだアホだよ俺は。

お前がいつか言っていた「小説を書きたい」って夢、
思い出したよ。最後くらいかっこつけないとな。
お前にはもらってばっかりだったし。
今後も牧野響介として俺は作家を続けていくよ。
安らかにな。またどこかで会おう。

祐一

PS 天国は金がいらないだろうから
印税収入は全部俺のものな

あとがき

誰もが一度は有名になりたいと思ったことがあると思います。

そこまで大それていなくても、小さい頃テレビで見た歌手に憧れ、友達や家族の前で振り付けを真似て歌った経験がある人は多いのではないでしょうか。しかし、周囲から馬鹿にされたり、自分の思うように上手く表現できなかったり、コンプレックスを自覚してしまったり、そんな苦い経験を経て皆、大人になっていきます。そして大人になると一度は抱いた「有名になりたい」という思いを誰も口にしなくなります。いつまでもそういうことを言い続けていると「恥ずかしい奴」だとか「もっと現実を見なよ」だとか言われてしまいます。大人になるということは、現実を受け止め、折り合いをつけることだと誰もが気付いていくからです。

しかしSNS時代の到来によって、良くも悪くも有名になれるチャンスが訪れてしまいました。テレビの中との距離感が縮まり、家族や知人に関知されず、表現できる場が現実的に手に入ったのです。夢を見続けることを許されたのです。

無理矢理大人になろうとした人たちは、一部の一般人が有名になっていくのを見て「どうしてあいつが」と有名になりたい気持ちを成仏させられないまま、苦しんでいると思います。

そんな大人になりきれない人たちに、私が経験して気付いたことを自戒の意味も込めて伝えたい。

「有名になりたいという気持ちだけでは有名になることは難しい」ということを。

自分の強みを信じ、それを伸ばして、その力で誰かを救い、その実績が世間に認められた結果、有名になる。これが有名になるプロセスだと思います。

その第一歩として私は、筆を執りました。

世間一般の感覚を持ちつつも、社会とのズレを感じながら生きているすべての人に、変わっているのは自分だけではなかったのだと、この小説が味方することを願っています。

本物語はフィクションです。
実在の人物・団体などには一切関係ありません。

<特典について>

※ご購入日から30日以内の方が対象となります。

※ご返品される際は、領収書またはレシートを同封の上、書留郵便にてお送りください。
なお、返品先の住所は、下記メールアドレスからお伝えいたします。
返品が確認でき次第、ご返金させていただきます。

hardworker.suke@gmail.com

※振込またはPayPayにてご返金させていただきます。

振込の場合は、金融機関名、支店名、口座種類、口座番号、口座名義

PayPayの場合は、PayPayIDまたは携帯電話番号を教えてください。

※送料、振込手数料につきましては購入者の負担となります。
着払いでの受け取りはお断りしておりますので予めご了承ください。

※本キャンペーンは予告なく変更・終了させていただく場合があります。

<著者略歴>

牧野響介　（まきの・きょうすけ）

1996年埼玉県生まれ。神奈川大学卒業。在学中にアメリカ留学。

2018年YouTube活動開始。卒業後、ワーキングホリデービザにて渡豪し、ツアーガイド ・セラピストを経験。

帰国後、編集プロダクションでライターとして勤務。

現在、広告会社勤務。

有名

2022年8月10日　　初版発行

著者　牧野響介
校正協力　森こと美
発行者　千葉慎也
発行所　合同会社AmazingAdventure
（東京本社）東京都中央区日本橋3-2-14
新槇町ビル別館第一2階
（発行所）三重県四日市市あかつき台1-2-108
電話　050-3575-2199
E-mail info@amazing-adventure.net
発売元　星雲社（共同出版社・流通責任出版社）
〒112-0005 東京都文京区水道1-3-30
電話　03-3868-3275
印刷・製本　シナノ書籍印刷

ISBN978-4-434-30653-2　C0093

＼ Check! ／

著者の情報や連絡先はコチラ!

公式LINEはこちら

著者と直接コミュニケーション！
定型文の返信ではなく、著者がやりとりさせていただきます！

Instagramはこちら

著者の日常をアップしていきます！

KYOSU_KE33

Twitterはこちら

著者の日常をアップしていきます！

YouTubeチャンネルはこちら

今後の活動を配信していきます！
月次で本の売上部数を公開いたします！